詩集

棲まう

山田達雄

港の人

詩集　棲まう——目次

Ⅰ

II

カバー装画：熊谷守一「雨乞いだな」
一九六一年　油彩・板
四号（約二四×三三センチ）
熊谷守一つけち記念館寄託（中津川市）

I

水の精

春三月
庭の枝木を切れば　てんてん
切り口から滴り落ちる樹液
木々も冬眠する
冬眠から覚めた木の生命《いのち》が
透明な血を滴らしているのだ

眼をつぶれば
無数の毛根が触手をのばして
黒ぐろとした大地から
ありとある養分を吸い上げ
幹から枝へその先端へ　さらに
樹皮をつき破って若芽を吹かせ
葉を茂らせて　花にまで
変幻自在な水の精が見えてくる

春三月
目覚める人のいない真夜中
雨は大地を舌で愛撫している
地中で毛根が　ちゅるちゅる
それを吸い上げている

樹木

わたしの足は
地に喰い入っている
わたしを養っているものを
足裏が感触している
わたしをこみ上げてくる
養液の
見えない軌跡が

見える形姿となって
地に佇《た》っている

そして
どうしたら歩き出せるのか
三億年前から　ずっと
考えつづけている
葉先を揺らして

ヤモリ

室内灯の鈍い光に照らされた
玄関脇の窓ガラスに
親子らしい二匹のヤモリが
張り付いている
窓の中央にいる親のヤモリが
とつぜん尻尾を左右に振りだした
力強く弧を描くその動きの

なんとリズミカルなことか
ふと
イタズラごころが湧いた
灰色のぶよぶよのお腹を
硝子越しにこうもり傘の先で
突っついてみる
ぴたっと止まった尻尾
体は永遠に固まったかにみえた
事態が一変したのは
窓の左下隅にいる子どもに
傘先を当てたときだ
親のヤモリの反応は敏感だった
三十センチほどの距離を
猛然と駆け下り　子どもに

体ごとぶつかっていったのだ
さらに
弾かれた子どもの体が
まだ半分残っているとみるや
身を翻《ひるがえ》し窓枠の外に跳ね飛ばした
呆気にとられている
こちらをしりめに
ヤモリの親は
ゆっくりと姿を消した

すべてを了解した　と
わたしは思った
ヤモリのいなくなった窓ガラスが
芝居の果てた舞台のように

感動の余韻を燻《くゆ》らせている
かすかなイタミの感覚をまぜて

生の斧

物置小屋の屋根の端から
カマキリが
わたしの動作の一部始終をうかがっている
それがわたしには不気味で
やにわに
軒下の竹竿を摑《つか》みさっと振り払った
一瞬　目を疑った

身を翻して地面に飛び降りたかれは
若草色の羽を孔雀のように開き
前あしをキッとかざして身構える
その華麗で凛々しい姿態は
見たこともないものだ
竹竿の先で激しく威嚇してみる
予期に反し
かれは羽を広げたまま動かない
だが　こちらの動きに合わせて
体の向きは微妙に変えている…
逃げも攻撃もしてこない
相手になす術もなく
わたしはその場を離れた
それでも気になって

台所の窓越しにのぞくと
かれは羽をたたみ立ち上がり
歩き出したところだった
一歩二歩　体が大きく左右に揺れ
昏倒に耐えるかのように立ちすくむ
しばらくして　また歩きはじめる
だが数歩と進めない
何度も同様のことを繰り返し
それでも一メートルほどは進んだであろうか
かれはそこで長いこと動かなかった
次に立ち上がったときは
歩みはのろかったが立ち止まることもなく
隣家のブロック塀まで歩いていった
ゆっくり　ゆっくり

塀を斜めによじ登りはじめる
蟷螂《とうろう》の斧*　ということばが
脳裏に浮かんだ
その斧は
自己への過信とはうらはらに
何とも哀しく切ないものだった
彼は物置小屋の影に隠れて
やがて見えなくなった

*自分の弱さをかえりみず強敵に挑むことで、はかない抵抗のたとえ。蟷螂はカマキリのこと。

弁当

原爆資料館の
硝子ケースの中に
形の崩れた
アルミニュームの弁当箱が一つ
ひっそりと置かれている

動員学徒の遺品だという

閃光に焼かれて黒褐色の
あるいは干からびて
黄土色に変色してはいるが
中身は詰められたときのまま
かれはその日　白いご飯に
赤い梅干しを二つ
端に寄せて炒り玉子かなにか
そのあたたかい弁当を小脇に
「お母さん　行って帰ります」*
と家を出て　かれは　そう
その言葉どおりに帰ることは
ついにできなかったのだ
送り出した母親がどうなったのか
わたしには知る由もない

原爆資料館の
硝子ケースの中に
形の崩れた
アルミニュームの弁当箱が一つ
中身の詰まったままに
未来永劫　置き去りにされた
形見
ひっそりと
遺されている

＊「行ってまいります」の広島・愛媛県松山の方言。（「全国方言辞典」）

淡《うす》墨《ずみ》桜《ざくら》

美濃の山奥　根尾谷に
その巨桜はあった
樹齢千数百年
幹周りは十メートルをこえる
幹は胸の高さで二分し
数本の太い枝を大きくひろげ

芽吹きの淡い黄緑を端《つま》に
たくさんの細かい花びらを
蒼白なもののように
空にかかげている

凪もない
おだやかな日であった
柔らかい日射しのなか
その巨桜のみが
白いものをさかんに降らしている
無声映画のように
人影はのろのろと歩み
歌声はもちろん
話し声すら聞こえない

願わくは花のもとにて春死なん
西行のいうその花は
艶麗な花よりは
薄墨の桜が似つかわしい
淡い　いくらかさねても
およそ重さというもののない
この花びらの褥《しとね》なら
人はやすらかに
永久《とわ》の眠りをねむれよう

地に散り敷いた花びらを
手にとって見れば
どの花びらにも

針の先ほどの褐色の斑点がある
この花びらも老いて
落ちる？
ここにこうして在ることの
体温のごときものを覚えて
はっと我にかえるわたしの
髪や肩に　花びらは
はらはらと降りかかる

おもえば
この巨桜は人桜
戦後も間もないころ
一人の町医者が
枯れ死寸前の巨桜の

生き残りのわずかな根に
近郷の桜の若木の根を繋ぎ
蘇生させたという
はるかな歳月を生き抜いて
山奥深く　いのちの花を
咲かせている巨桜
桜花のように人の散るのを
賛美した時代があった
生きぬくことこそ美しい
いのちの限りを咲き切って
いま　花びらを
こころおきなく
降らしているのだ

墓参

蟬の声が
シャワーのように
落ちてくる
終《つい》の別れが
二月だったか九月だったか
不埒《ふらち》な兄は
忘れてしまった

幼い妹よ
おまえを見失ってからも
時間はやはり
流れていたのだ
土盛りにたつ木の墓標は
数十年間傾きつづけて
朽ちながら
いま眼の前に立っている

シャワーのように
落ちてくる
蟬の声
天からのもののように
浴びている

空の行方

祭日になると長い幟《のぼり》が風にはためき
わたしたちこどもは導かれるように
甘茶をもらいに行った　木立の奥の
弘法大師を祀る小さな御堂

戦争も終わりの頃
ひとつの噂が村中を駆け巡った

航空隊員であるその家の長男が
戦場へ飛び立つ日
機上から母親に終《つい》の別れを告げるため
上空を三回旋回するというのだ

その日　わたしは
朝から雲一つない空に眼を凝らしていた
だが飛行機が御堂の頭上を舞うことはなかった
昼近くになって　遠く北の空を三機
ひたすら西を目指して飛び去るのを見ただけである
そのとき　わたしの中でしぼんだ何か

戦争は終わったが
若者が空から戻って来ることはなかった

戦死の公報はあったのかなかったのか
掌でつつめるほどの大師の子ども像に
頭から柄杓《ひしゃく》で甘茶をかけ
こうお祈りするのよと教えてくれた母なる人の
こころの奥に秘された揺らぎが
風のようにわたしの頬を撫ぜていったか

あの日の空を想うとき
おのずと浮かぶもうひとつの形象
海の波間に帰らぬ人となった母の弟の
その胸にいだかれた記憶も定かでない
わたしの叔父さんの
艦上での一枚の写真
水兵服姿で笑顔のポーズを取った

その青年の背後の空は何色であったか
母の嗚咽《おえつ》に濡れて
鈍色《にびいろ》であったか

十年ひと昔というが
あれからいくつの昔を重ねたことだろう
いま頭上にひろがる空は
あれらの日の空とどう交差するのか
わたしは眼を閉じる
眼を瞑《つぶ》らないと
見えてこないものもある
こころの奥を
覗きこむようにして見る空の
ブルー

深い佇まい
そこに滲む微かなるもの

洪水のあと

眠れないままに
庭の木々の葉をうつ雨音を
聞いている私よりも
畠のトマトは私である

四月下旬に
花木センターで苗を買い

用水沿いの畠に植えた
三本のトマトは茎を太らせ
葉を茂らせて　今では
いくつもの白い花と青い実を
つけている

花や実がびしょびしょである
雨夜の暗さに
白くせり上がってくる水音を
全身で受けとめているトマト
足裏をこそぐられる感触に
気がついてみれば
根は水に浸されて繊毛が毛羽だっている
時おり　濡れた葉が裏返される

眠れないままに
庭の木々の葉をうつ雨音を
聞いている私よりも
畠のトマトは私である

＊＊＊

秋なれば
すだく虫の音
われら水腐り場の民なれば
それを聴かず
われら水腐り場の民も交じりて
すだく虫の音

供物

神社の年越しの祭事
供物が神に捧げられる
餅　酒　スルメ　蜜柑　林檎
里芋　大根　葉野菜の類

鯛は生きたまま供せられる
渾身の力で跳ね抗うものを

人間の手が押さえこみ
開いた鰓《えら》から口へ
針金を刺しつらぬき
身を弓形にたわめて
尾鰭に張り渡す
幾世紀にもわたり繰り返し
繰り返されてきた風習である

わが国古来の神は
自然の事物に宿る
山の神　鳥の神　雷の神　水の神
木の神　海の神　魚の神　…
魚は　いつから
神の座を下りたか

目玉むき　血滲ませ
身を撥《は》ね　捩《よじ》る
やがて動きも萎《な》えて
供物台に収まる

イタミは沈黙のようにあるだろう
ピィーンと
いのちの神域を張りつめていく

里山

寝しなに
テレビで里山の映像を見た

水温む湖の初春
浅瀬に鯉が群れ乱舞をはじめる
いのちの身もだえ
無数の粒子が　揺れる水草の上に

さんさんと降りそそぐ

雨の上がった初夏
流れにヤゴ　川底に半身をうずめ
枯枝の姿勢で獲物を待ち伏せる
下昼の一瞬の跳躍
小魚は頭から吸い込まれていく

晴れ渡った初秋
ヤゴから変身を遂げたオニヤンマが
湖水をかすめ飛んでいる
捕網や咀嚼の武器は
体の器官に秘匿されたまま
水上から突き出た棒杭に

そっと身を休ませるとき
かれはしばし獲物のことを忘れている

太古　人もまたこのように生きた
魚を獲り獣を捕獲していのちをつないだ
今も里山の人たちは
家の中に自噴水の井戸を造り
血脈のように里の用水につなぐ
鯉など生きものは井戸端に棲み
人は残飯をあたえ　時に食す
いのちへのいたわりといのちの捕食と
共存できない論理の街角で
わたしは途方に暮れる

朝の食卓に　ジャコおろしが上がった
思えば　その稚魚がどこの海で
だれの手で　どのように獲られたのか
まして幼いいのちの悲痛な叫びなど
誰も知らないし知ろうともしない
わたしたちは殺戮から遠く離れて
こころの平穏を保つ　あやうい
存在であるのだろうか

里山を訪ねてみたいと思った
太古からの血に問いかけてみたいのだ

II

裏木曽街道

うら
うら　と聞けば
手を差しのべたくもなるよ
うら
すすり泣きの声もする

赤　白　ピンク

川面に垂れる
花桃のつらなり
華があるのに
なぜか淋しい
うらの景色

おもてがあって
うらがある
うらの奥は底知れぬ
うら　うら　うら
どこか哀しい響きもつ
裏木曽街道

うらは

おもてにあこがれたか
だがおもてはどこにも見当たらない
ああ　いい　すてきだ
うらがひとりで立つなんて
裏木曽街道

いい気になって
車を飛ばして　幾曲がり
ついに
出逢ってしまったのだ
「是より北　木曽路」の碑
ああ　オモテ路
馬籠　妻籠　三留野　野尻　須原　上松
福島　宮ノ越　薮原　奈良井　贄川《にえかわ》

その星々を
宿駅のように浮かべる天の川

実は　この木曽路を含む中山道《なかせんどう》にも
東海道という名のおもてがあって
それはだれでも知っている
おもてはうらのうらがえし
どちらがおもてでどちらがうらか
おもてとうらの織りなすところ
おもてとうらをつきぬけて
真向かいの山顚《さんてん》に
人知れず星たちが降りてくる
そこに
あの星も交じっている

顔

病院の待合室で
若いお母さんが
乳呑み児をあやして
いないいないない　と
掌で自分の顔を蔽い
ばぁー　と言って手を払う
お母さんの顔が現れて

子どもは嬉しそうに
奇声をあげる

それを見て　老者は思う
母親に代わって自分が
いないいないない　ばぁー　と言って
赤ちゃんの前で掌を開く
そのとき
わたしはいるかしら

診察室の扉が開き
名を呼ばれる
老者は入っていく
自分の顔を取り戻すために

崖縁

あのとき　わたしは
自分で車を運転して
四十キロほどある
自宅に帰ったのであるが
ほんとうは
危うい生の崖縁に立っていた
のかもしれない

あのとき
買い物をして
店を出た途端に
空《くう》を踏み抜いて
コンクリートの路面に
前のめりに落ちた
十センチほどの段差に
気づかなかったのだ

あのとき
うっぷせのまま
上目遣いに
車のタイヤやバンパーを見た

特に痛むところもなかった
救急車を呼びましょうかという
店員のことばが
理解できなかった

あのとき
頭部の左半分と
顔の左半分を真っ赤に染め
なお顎から血を滴らしている
鏡の中の男に驚愕した
血は他人のように
溢れ出ていたのだ

一カ月後に下肢に麻痺がきて

頭から血を抜く手術をしたのであるが
あのとき
血は脳から秘かに
頭骸骨のうちがわの硬膜下に
滲み出ていたのか

あのとき
危うい生の崖縁に　わたしは
立っていたのかもしれない
足元の地盤はすっかり崩れていて

反照

病院からの帰り
すこし足を延ばして
むすこと訪れた
山の中の小さな湖
雲ひとつない
早春の霞んだ空に
日輪が鏡のように

嵌めこまれている

岸辺の道を歩く
動かない数艘の小舟
ワカサギを釣っているのか
眺望台に立つと
足下のやや前方の水面に
ギラギラ光る光源があって
それが白い光を発し
生きもののように揺れうごく

目を細めれば直線の光の束
陽に向かって立ち上る
眼が痛い

わたしはむすこに指さした
遠くから　ちらちらちらちら
ささ波が桜貝の群れのように
こちらに向かって寄せてくる
わたしたちは
その群れに包まれる

歩きながらむすこが言った
木の葉が風に鳴っている
音楽のようだね
靴の下の砂利の音も
あじさいが列をなして並んでいる
枯れてドライフラワーのよう
きれいだァ

ことばをおし殺すように
むすこが指さす枯れ枝の先に
新芽が吹きだしている

帰還

どうしたことか　ズボンがはけないのだ
立ったまま片足上げてズボンがはけず崩折れる
足下にあるスリッパが履けない
左足の指先がスリッパに入らないのだ

慢性硬膜下血腫
頭に溜まった血が神経を圧迫し

下肢に麻痺を起しているのだという
すぐ頭蓋骨を穿《うが》ち血を抜く手術をうけた
途端　ウソみたいに
麻痺の呪縛が解けた

しばらくして　テレビで
丹頂鶴の映像を目にした
真冬　釧路の雪原で立ったまま眠っている
一本足で
おお　その端正な美しさ
孤高の極み

術後の経過は順調とはいかなかった
麻痺の症状はなくなったが

硬膜下に血は執拗に滲み出た
その都度頭に太針を入れて抜いた

そんななか　病む丹頂の夢を見た
細く長い肢を折りたたみ
雪に身を沈めて眠る丹頂鶴
体温を奪われて
冷たくなり果てることはないのか

幸い　やがて頭内の出血は止まり
CTの画像は　霧が晴れるように
脳を鮮明に映した
脳の透明な空を大きく羽撃いて飛ぶ
丹頂鶴の一群　目を凝らせば

群れのなかにあの鶴もいる
丹頂鶴に比ぶべくもないが
わたしも一本足で立ったまま
ズボンがはける
スリッパも履ける　そして歩いて
人の群れに　そっと帰還する

果実

時間が成熟するように
色艶を増す林檎
芯からその回りにかけて
芳醇な蜜への変容が始まる
だが　時間の熟成は衰退へ
孕《はら》む予感はいかんともしがたい
傾き始める意識のなか

芯の中核に秘かに胚胎し
膨らみ育つ
未来永劫への眼差しよ
酩酊のさなか
果実はいま静謐《せいひつ》のもとにある

名付ける

手首が返って
指間からするりと滑りでた紐の
縛りから解き放された力が
大きく弧を描いて廻った
やがてぴたっと一点に止まる
その激しく静止しているものを
コマ　と名付ける

思いっきり
前方に向かって投げられた石が
周りを切り裂いていく
その激しく推進するものを
はるかな地点から
礫《つぶて》　と名付ける

森の木々を揺すり
様々な鳥を飛ばして
大気の境目をさぐる
地球生物の行動圏をかぎる
天の領域に触れるあたり
空　と名付ける

天に向かって
投げられた石が
時間の礫となって降り注ぐ
そのとき　コマの揺らぎを
なんと名付けたらよいのか
歳月　という月が
ぽぉっと夜空にのぼった

鬼

喰ってしまうぞ
捕まえて　喰ってしまうぞ
祖父は鬼の形相だ
掌を高くかざして追いかけてくる
孫たちは嬌声をあげ
蜘蛛の子のように逃げ散る
襖から襖へ　長持の裏へ

衣紋掛けの着物の中や
積み上げられた座布団の隙間に
結局　餌食になるのは
襖のあたりで逃げ惑っていた
いちばん齢下の従妹だったか

祖父は頑固一徹な人だったから
まわりの大人はみな怖がった
だが年に一度の祭りに行けば
孫たち相手にちょいちょいちょっかい
怖がる孫もいたにはいたが
ぼくは怖いと思ったことがない
鬼の形相にひそむ児戯《じぎ》を
ひそかに嗅ぎとっていたからなのか

小学校に入った頃だった
父は兵隊に取られていなかった
なぜか祖父がぼくの家に居た
当時ぼくは母の言うことを聞かず
随分手こずらせていたらしい
祖父は堪らず
ぼくを太い大黒柱に紐で括りつけた
泣きわめきながら
ぼくはさんざん悪態をついた
あきれて見詰めるその祖父の
顔のどこにも
鬼はもういなかった

その後も
祖父の家に行ったはずだが
祖父にまつわる新たな記憶はなにもない
鬼の消えた顔に
思い出が宿ることはなかった
あのとき
ぼくは何かを失ったのだろうか
それとも　ぼくが
何かから脱皮したのだろうか

世代はめぐる
さあ　今度はおれの番だ
喰ってしまうぞ
捕まえて　喰ってしまうぞ

鬼の形相でぼくは怒鳴ろうとして
すぐ気づく
逃げまどう子どもが
何処にもいないのだ
ぼくの鬼は
たちまちのうちに崩れて
点いていないテレビ画面に
うすら影を写している

帆のように

人間の齢なら九十あまりか
衰えはまず足と腰にきた

八月に入った朝のこと
自分の小屋に前肢と首を突っ込むことで
明白な意志を示しながら
果たせなかったきみの無念の姿を見た

前肢がぴくりと動いた
背中や腹から腰にかけて薄褐色の毛に
細かい水滴が光っている

もはや隣家の前までしか歩けなかったが
好きだった散歩は欠かせない
道まで抱え下ろして
うずくまった腰を持ち上げそっと離してやる
きみはたくみにバランスをとって歩き出す
後ろ肢を引きずりながらも
尻尾を帆のようにひゅっと立て
ススキの穂のように揺らして
きみは自らの生を輝かせるように歩む

流動食しか喉を通さなくなった
軒下に吹きこむ雨も避けられず
きみはその都度助けを求めて吠えた
排尿排便もままならなくなった
転げまわっては糞まみれ
湯水で洗ってやれば
体から従順に流れ落ちてやまない滴

庭の金木犀が
小花をつけ始めていた
きみはもう見えなくなった目を半ば開けて
シートの上に横たわっている
昨夜の身悶えるような
辛い時は去っていた

体内を清浄にするかのように糞を一つしたあと
きみは尻尾を帆のように立て
それをかすかに揺らしている
きみは逝った

主のいない小屋に
冬の陽が当たっている
その日だまりに
もういなくなったきみが
さかんに揺らしているものをぼくは見た
傍らに
首輪が落ちている

庭

久し振りに庭職人が入った
前は思いつくと自分で鋏をいれたが
最近は茂るに任せていた
さざん花のこんもりとした茂みに
雀蜂の巣が大きく育ったのも
気付かないほどだった

庭は見違えるほど明るくなった
その中央にありながら
存在すら覚えなかった赤目樫が
目に付くようになった
人の腿ほどの幹は左手東方向に
まがった棒杭のように身をかしげて立つ
こんな植え方
するはずないのだが…

その右手西側に　ちょっと離れて
直径十センチほどの切株に気付く
そうだ　日光ヒバが植わっていたのだ
どんどん樹冠を広げ
外郭は黄緑色にひかり耀くのだが

光の届かない内側は
くち枯れて残骸をさらし
骨粗鬆症のようにスカスカ
思いきって切り倒したのだ

赤目樫は左へひだりへ
日光ヒバから身を避けながら
陽に向けて枝を伸ばし
朱色の葉をつけた
いま　幹は右手に身をよじるように立つ
枝葉も右へ右へ指先を伸ばしている

人もまた　このように生きるのか
それは電光石火のように来た

うろたえて
眼を逸らす　その先に
色とりどりの
シャツやズボンやパンツのかたちで
妻や息子が
風に揺れている

抜く

秋もなかば
庭の繁茂したどくだみを抜く
錆色に焼けた葉もある
ひょろっと伸びたのもある
茎短く地を這うように葉を拡げたのもある
どくだみを抜く
くさいどくだみを抜く

くさいから抜くのか
抜くからくさいのか
抜く
梅雨時には清楚な花をつけた
そのどくだみを抜く
白い花の幻影を抜く
薬に
なるかもしれないどくだみを抜く
薬にしないでどくだみを抜く
わたしのなかのどくだみを抜く
白い花を咲かせるかもしれない
どくだみを抜く
薬になるかもしれないどくだみを抜く
どくだみのなかのわたしを抜く

抜く
だが全部抜けることはない
根っこの途中でちぎれる
根の先は地中にのこる
どくだみが絶えることはないのだ
庭のなかにも
わたしの中にも

どくだみを抜く
それが人の暮らしででもあるように

夢のなかの家

県境の川の向こう
土が剝き出しになっている
田舎道を歩いていた
どうして迷いこんだのか
見知らぬ風景がひろがっている
脳裏に妻や子の姿がちらつく
わが家に帰る道順がわからず

民家の老婆に教えられたローカル線の
無人駅に向かっていたのだ
不思議なことに
乗り込んだ電車に人影はなかった
かりに人がいたとしても黙りこくっていて
いないのと同然だった
この電車は川を越える気配がない
ターミナル駅で降りて
べつの路線の電車を待ったが
いくら待っても　電車は来ない
川を越える電車は来ないのか
不安と焦燥のなかで　目が覚めた

別の日　また夢を見た

家でわたしは寝ていた
窓の外に不審な物音がして
北の裏口へ廻る気配を感じた
妻の寝息をききながら　ひとり
そっと起きだして　土間に下り
這うようにして
裏の戸口ににじり寄る
外は竹藪　狭い道一本はさんで
神社の背高い椋や銀杏の木々
風が立てる騒じょうのなかから
ダリの腕がぐうっと伸びてくる
鷲摑みされるものの戦慄
胸が妙に高鳴って……

夢を反芻していた
そしてあの夢のなかの家が
今住んでいる家ではないことに気づく
あの佇まい　長い土間や周りの竹や木々
わたしが生まれ思春期まで過ごした家だ
だがその家も建て替えられて今はない
するとあの家は
この世のどこにもないわたしの空間
そこに住まったことのない妻や子がいたのはなぜか
夢は自分では制御できないものだから
あの空間は
なつかしい記憶に満たされた時間のるつぼ
わたししか知らないわたし
わたしも知らない

わたし自身のことかもしれない
ならば　わたしがいま起居し見聞きし
触れ呼吸しているこの家とはなにか
ここにいるわたしとはなにか
ここにいる妻や子とはなにか
夢のなかでわたしそのものであるわが家に
辿りつかなかったわたしとはなにか
物音や風の騒じょうに慄《おのの》くわたしとはなにか
なにもかもが不明のなかで
たしかなことは　わたしがいなくなれば
夢のなかの家であるわたしも
消えてなくなる……
そこに思い至って　目が覚めた
すでに陽は高い

生活の音があちこちから立ち昇ってくる

橋を渡る

ヴォーッと汽笛が鳴った
わたしたち通行人は足止めをくらった
橋の中央で作業服の男が二人身をかがめ
両手で横木を押し歯車を廻していく
橋はそれにつれ　のろのろと水平に回転をはじめ
身の丈三十数メートル　巾四メートル足らずの
細身の体を川の流れに沿って横たえる

三層の大型遊覧船がその脇をゆったりと
まるで永遠のように通り過ぎる

橋を渡り左へ　目印の酒屋はなく
摺り硝子の嵌った古い民家があるばかり
構わずその横の狭い路地を入っていくと
見覚えのある寺の鐘楼が目に飛びこんできた
わたしは学生時代の下宿家をさがしているのだ
農家の老夫婦の納屋の二階
襖一枚へだてた部屋に同級の友もいた
どこかで亡くなったと風の便りに聞いてはいたが
その彼や　百歳をゆうに超えた老夫婦が
路の奥の
左手の身ひとつ通れるほどの狭い路地から

ひょっこり姿を現わさないか
だが　本当は何もかも分かっていたのだ

橋の袂にもどってきた
両側に広い歩道を備えた
立派な固定橋が架かっている
でも　さっきたしかに渡ったあの橋は
五十年前の橋だった
ギイーッと　なにかが遠くで軋《きし》った
これが橋を渡るということか
渡り終えると
一本の道がずうっと夕陽にまで届いている
その向こう
橋はまた在るにちがいない

あとがき

長らく詩から離れていた。
前回、第三詩集を出してから、すでに三十数年が経っている。気の遠くなるような時間である。この間、詩を読むことすらできない時期もあった。

いつの間にか齢を重ね、気が付けば、日常の暮らしのなかで朽ちていくだけのわが身に愕然とした。五年程前のことだった。生きている実感、手応えがほしい。書くことで、自分の縛りをほどいて、違った新しい自分に出会えないか。問いの迷路に分け入ることで、あるかないかもしれない遥かな灯を求めて。

でもこれは、おそらく後付けにすぎない。長期間にわたって、詩から遠ざかっている者に懲りもせず詩集や詩誌を送り続けてくれた、昔の詩仲間たちの無言の励ましが、わたしを詩に戻してくれたのだと思う。深く感謝したい。

本の表題は、比較的すんなり決まった。
わたしたちは、この世に生を享け、やがてこの世に別れをつげる、その束の間とも言える生を生きている。木も鳥も魚も動物も昆虫もまた、それを自覚するしないの違いはあれ、同様の生を生きている。しかも彼らはわたしたちの生命・暮らしに深く喰い入っている存在だ。共に棲まう束の間の生。その問いのまわりをわたしはいつも彷徨っているようです。

この詩集には、前詩集以降の詩を収めた。二篇を除いて、詩誌や所属詩人会の年刊アンソロジーに載せたものである。初出のものに手を入れたものが多い。大幅に手を入れたものもある。
なお、刊行にあたり、お力添えをいただいた港の人の上野勇治さんをはじめ皆さんに厚くお礼を申しあげる。

山田達雄

二〇一八年三月

略歴

山田達雄（やまだたつお）
一九三八年　岐阜県羽島市生まれ
一九六八年　詩集『時間には翼がある』
一九七二年　詩集『ぶどうの復讐』
一九八三年　詩集『水腐場』

中日詩人会、岐阜県詩人会所属
「アオ」「カオス」「爬」「黙示録」「檸檬」同人を経て
現在「環」同人　　瑞穂市在住

詩集　棲《す》まう

二〇一八年六月二六日初版発行

著　者　山田達雄
装　幀　相馬敬徳
発行人　上野勇治
発　行　港の人
〒二四八―〇〇一四　神奈川県鎌倉市由比ガ浜三―一一―四九
電話（〇四六七）六〇―一三七四　ファックス（〇四六七）六〇―一三七五

印刷製本　シナノ印刷

ISBN978-4-89629-348-7